AF309979

ADOLPHE KRAFFT



# LA

# Nouvelle Galathée

*Amours d'un statuaire en Sicile*

# PARIS

## LES LIBRAIRES ASSOCIÉS

13, rue de Buci, 13

1895

LA

# Nouvelle Galathée

L'auteur a publié, sous le pseudonyme de Gustave FORTIN,
plusieurs ouvrages qui seront réédités.

ADOLPHE KRAFFT

# LA
# Nouvelle Galathée

*Amours d'un statuaire en Sicile*

PARIS

## LES LIBRAIRES ASSOCIÉS

13, rue de Buci, 13

1895

# NOTICE

Je ne désire pas donner la clef de ce poème, dont j'ai déjà sacrifié certains points pour ménager quelques susceptibilités ; mais que les personnes qui y jouent un rôle ne jugent pas trop précipitamment ce qui en subsiste... qu'elles veuillent penser d'abord à la latitude acquise généralement aux œuvres d'imagination, et faire ensuite la part de l'œuvre présente. Si d'un autre côté je ne laisse point ici toute la responsabilité des allusions au statuaire Paul de Saint-Amand, mon héros, c'est parce que je ne puis m'expliquer encore sur tout ce qui le concerne ; j'ajouterai cependant, que, pour mon compte, je n'ai jamais trouvé ailleurs, dans une vie toujours agitée, plus d'intensité vitale qu'en Sicile, scène de cette intrigue, patrie de Giovanna ou Jeanne, dont l'artiste amoureux fit sa nouvelle Galathée.

A. K.

# *Auspice*

~~~~~

Devant l'éternité, la nature et le monde,
Tous trois indifférents à notre destinée,
Tristement chante en moi, comme un pinson aveugle,
Sans trève et sans espoir l'intime souvenance.

Vainement cherchons-nous un cœur qui nous comprenne,
Nous qui, dès la jeunesse aimant l'adolescente,
Pieux adorateurs d'une autre Sainte Vierge,
Ne découvrîmes pas l'idéal en son âme.
~~~~~

De Charybde en Scylla ma vie est entraînée,
Du désir au remords, de l'écueil à l'abîme,
Délirante, ma lèvre exacerbée en râle.

Le sang de mes aïeux remonte à fleur de terre
Et vient à mon chevet inscrire en mots de flamme :
Mané, Thécel, Pharès, comme auspice funèbre.

# La Vierge

## CHANT I.

___

# *PALERME ET CORSARI*

Rencontre à Palerme de Paul de Saint-Amand et de Giovanna Léo. Leur flirt en voisins. Paul, statuaire parisien, apprend que le père de Giovanna, ancien préfet de Sicile, est propriétaire à Corsari. Il se rend près de lui avec l'agent Pierre, son compatriote, sous prétexte d'achat ; son amour résiste à de fâcheux pronostics.

Moi, sculpteur, Paul de Saint-Amand,
Quand j'avais presque la trentaine,
A l'art voué par sentiment,
Courant un peu la pretentaine,

J'errais plein de rêves plaisants,
Un soir, à Palerme en Sicile,
Quand la brunette de seize ans,
Héroïne de cette idylle,

 Ainsi que Laure ou Graziella,
Les yeux si noirs, le teint si pâle,
A mon regard se révéla,
Belle de sa fleur virginale...

 (Sous le ciel bleu des verts séjours,
Où l'on récolte sans qu'on sème,
Les fruits que dorent les beaux jours,
Ainsi que l'on respire on aime...)

 Je la suivis discrètement
Pour m'assurer de sa demeure,
Sans rien attendre d'un roman
Où l'espoir n'eût été qu'un leurre :

 N'étais-je pas un inconnu
Qui partirait bientôt peut-être ?
Mais à son palais parvenu,
Je la vis au balcon paraître

 Et regarder de mon côté...
Le Corso fourmillait de monde :

Moi, je ne vis que sa beauté
Mirer ma passion profonde !

Le même soir, je m'installais
Dans un palais dont la façade
Regardait son propre palais,
En pensant lui donner l'aubade,
Un jour, de ces versiculets :


*Jamais je n'avais vu dans mes lointains voyages*
*L'idéal que j'aimais,*
*Et je me demandais, aux terrestres parages,*
*Si j'aimerais jamais.*

*Toujours j'ai combattu la fatale attirance*
*Des amoureux séjours,*
*Avant d'avoir fixé ma suprême espérance*
*A ce qui vit toujours.*

*La mort, ultime mot des choses de la vie,*
*Peut sévir sans remord :*

*Sur le roc de mon cœur mon sentiment défie*
*L'atteinte de la mort.*

*L'amour chante un refrain si brûlant dans mon âme,*
*Si dolent tour à tour ;*
*L'âme de l'homme cherche un cœur de femme, ô femme !*
*Écoute mon amour.*

** **

Au cours Victor-Emmanuel,
Qui de la mer mirant le ciel,
En passant par la cathédrale,
Va jusqu'au Palazzo Reale,
  Au bruit de Palerme étrangers,
Voilés d'un amoureux mystère,
Ivres de la fleur d'orangers,
Plus séraphiques sur la terre,
  Près l'un de l'autre demeuraient,
Maintenant unis par des signes,
Eux qui dans le fluide erraient,
Nos rêves blancs comme des cygnes.

*
*  *

J'étais du bord tunisien
Venu là par un doux présage,
Comme artiste parisien
Admis aux bourses de voyage,
Et savourais l'étonnement,
Manifeste au front pur de l'ange,
Devant un doux enchantement
A son esprit encore étrange :
Il me semblait qu'à mes accords
Répondait l'âme tant flattée
De l'idéal ayant pris corps
Dans la forme de Galathée.

*
*  *

Le sens au sentiment pourtant
Murmurait : Nul plaisir sans peine...
Quand il le voyait écoutant
L'air délirant de sa sirène...

Mainte fillette en coquetant,
Dispensa l'infortune à l'homme
Jusqu'à le vouer à Satan,
Comme Ève en lui donnant la pomme...
Mais on peut prouver à loisir
Aussi, que telle autre fillette
A trop de cœur pour qu'un désir
N'en fasse qu'une girouette,
Qu'elle adore un ami féal,
Bien qu'il n'ait panache, or ni titre,
Armes du galant arsenal,
Charmes au féminin chapitre,
Et que, même au monde malsain,
L'épouse n'est pas moins sacrée,
L'hymen moins pur, l'amour moins saint,
Pour un esprit qui pense et crée.

*
* *

Qui ne connaît point les moyens,
Renouvelés des artifices

Entre Hellènes et Troyens,
Qu'ordonnent les galants caprices?
Je n'étais qu'un noble étranger
Pour les habitants de la ville,
Mais serais devenu berger
Pour continuer mon idylle...
Aussi, n'ayant depuis trois jours
Vu la péri de ma pensée,
Je croyais perdue à toujours
L'espérance tant caressée,
Lorsque j'appris, Dieu sait comment!
Que le père, ex-préfet de l'île,
Pour cultiver l'alme sarment
Habitait un champêtre asile.
Je vis un tiers sur ce chef, et
Lui dis : Avec castel et terre
Je veux acheter au préfet
Ce dont il est propriétaire.
(Je prenais ce parti non pour
M'instituer nouveau Protée,
Mais pour sauvegarder l'amour
Que m'inspirait ma Galathée.)

Or l'agent Pierre était Français,
Et, ce qui plus est, honnête homme ;
Voici, dit-il, ce que je sais
Sur votre personnage en somme...

Tandis que le fiacre longeait
La côte blanche et la mer bleue,
Les récifs que la mer rongeait,
Et les villas de la banlieue,

Vers « Acqua deï Corsari »,
Ainsi nommé pour les corsaires,
Qu'on voyait jadis venir y
Chercher les eaux alimentaires.

— C'est près de la mer bleue aussi
Que florissait le brigandage,
Au point où nous allions ainsi
Pour rechercher ce personnage...

Voici, dit-il, ce que de lui
Dit la rumeur palermitaine :
*Il y a* trente ans aujourd'hui,
Lorsque le vaillant Capitaine[1],

1. Garibaldi.

De Gibilrossa s'en alla
Prendre Palerme avec ses Mille,
De Syracuse à Marsala,
Le brigandage infestait l'île ;

Léo, préfet sicilien,
Mais Sicilien plus sincère,
Avait, dit-on, certain lien
Avec maint brigand et corsaire...

Le fiacre à l'instant s'arrêta ;
J'en descendis comme un fantôme,
Sans ajouter un iota...
J'aimais la fille de cet homme !

*
* *

C'était une simple villa,
Une villa blanche à terrasse,
Que la villa qu'habitait, là,
L'italienne ruse ou grâce...

D'ailleurs même si le préfet,
Patriarche à grande famille,
N'était pas citoyen parfait,
J'aimais éperdûment sa fille...

La villa dominait la mer,
La mer qui rugit ou qui chante,
Ciel aujourd'hui, demain enfer,
Tantôt bonne et tantôt méchante.
Là-bas, près des flots bleus et verts
Gisait Palerme rose et blanche,
Sirène aux caprices divers,
Montrant le profil de sa hanche.
Peut-être ce vaste horizon
Emplissait-il aussi les âmes
Des habitants de la maison
Où tous les deux nous pénétrâmes.

* *<br>* * *

Je ne vis que félicité
Dans cette villa de plaisance,
Dont la calme simplicité
Annonçait une honnête aisance.
L'accueil fut courtois ; le préfet,
Dont l'âge dépassait l'automne,

Se doutait-il de mon méfait
En vieil expert que rien n'étonne?
  Je ne sais ! mais, lors du départ,
Un si malicieux sourire
Alluma son œil de chat pard,
Sachant confire et circonscrire,
  Que je crus aussitôt devoir
Dire à mon introducteur même,
Pour qu'il m'aidât à le revoir :
C'est Giovanna Léo que j'aime !

# CHANT II

## *L'ART ET L'AMOUR*

Paul cherche à concilier l'ambition et l'amour et à conjurer les obstacles que les esprits jaloux apportent à la réalisation de nos rêves. Il entreprend la conquête de Giovanna, la vierge, et la création de Galathée, la statue ; Giovanna parait agréer ses hommages.

Puisse mon poétique humour
Dire un jour sous le charme exquis
D'une âme s'ouvrant à l'amour :
Je vins, je vis et je vainquis !
  N'es-tu pas femme, Cythérée,
Statue, ô toi, vierge splendide,
Jusqu'à l'heure où ton sein candide
Tressaille à l'haleine qui crée !
  N'as-tu pas, ô Pygmalion !
Un cœur languissant d'idéal

Dans ta poitrine de lion
Amoureux, loyal et féal ?
 Génie, aux formes de mon rêve
Étends ta lumière céleste,
En chassant tout esprit funeste
Du Paros que je parachève !
 Émeus, charmeur de rocs et loups,
De nouveau la matière, Orphée ;
Muse, accomplis œuvre de fée,
Fortune, éloigne les jaloux !
 Comme Sparte écouta Tyrtée,
Aussi, Diane, écoute Éros ;
Toi, dans mes bras, vibre Paros
Virginal de ma Galathée !


Au temps où Conrad entreprit
De construire une cathédrale,
Dont Erwin portait dans l'esprit
L'œuvre superbe et magistrale,
 Sabine amoureuse d'Otto,
Que Guillaume adorait en vain,

Promit au préféré bientôt
La main de la fille d'Erwin ;
   Mais Otto, comme œuvre de maître
Croyant sous les traits de Sabine
Révéler la vierge divine,
Vit au dévoilement paraître
   Un corps de vieille, au sein pendant...
Avec un plaisir infernal
Guillaume avait flétri pendant
L'ultime nuit l'original !
   On dit qu'Otto mourut du mal
Qu'on avait fait à sa statue,
Que Sabine à l'amour qui tue
Immola l'espoir conjugal.
   Quoi qu'il en soit, ô perfidie !
Épargne nous tout dénoûment,
Où les perles d'un doux roman
Coulent en pleurs de tragédie.

*<br>* *

   Moi-même encore sans rival,
N'avais-je pas perdu ma cause

Par ma simple métamorphose
Ou par un aveu trop loyal ?
   Si l'agent déclinait son rôle,
A quoi se réduirait mon lot ?
Je serais comme un matelot
Ayant perdu boussole et pôle.
   A mon esprit qui craignait tout
De sa propre mélancolie
S'imposait maintenant partout
La vision de la folie ;
   Elle estompait de noirs contours,
Où flottait l'ange aux blancs atours ;
Mon seul amour de nos amours
Tristement m'obsédait toujours...


   Dans un monde où la jouissance
Même confine à la souffrance,
D'ailleurs le désir clandestin
Jamais combla-t-il un destin ?
   Non ! Quand du regard naît la flamme
Qui doit souder le cœur au cœur,

En amalgamant l'âme à l'âme
Dans un but d'heur ou de malheur,
Comme ici-bas n'existe guère
Le ciel à l'éternel azur,
Ni l'amour divinement pur,
Plus que la conquête sans guerre,
C'est souffrant de son sentiment,
Que, poète, au début, soupire
Après la muse qui l'inspire,
Loin de son amante, l'amant.

***

Giovanna Léo, la compagne
De mes amoureux songes d'or,
Longtemps avec son père encor
Allait habiter la campagne ;
Mais pour mon cœur, loin de son cœur,
Je voyais surtout la distance
Qui sépare dans l'existence
Le belligérant du vainqueur. .
Parfois pourtant sa persienne,
Comme une paupière s'ouvrant,

Par un mystérieux courant
Unissait ma chambre à la sienne ;
  En la voyant alors venir
Au balcon comme une sylphide,
Et regarder d'un air languide
Vers un idéal avenir,
  Je me disais que l'étincelle
Peut-être en son âme avait lui,
Que, statue hier, femme aujourd'hui,
Elle deviendrait immortelle...
  Et si vous-même avez aimé,
Vous savez par expérience
Combien à notre conscience
Pèse un amour non exprimé.
  Mais on ne peut dans sa famille,
Jardin d'un pays étranger,
Cueillir un cœur de jeune fille
Ainsi qu'une fleur d'oranger :
  Il fallait avec déférence,
Dès lors accepter biens et maux,
Biens dans les sentiments jumeaux,
Maux dans l'amour sans espérance !

# CHANT III

---

## *LA MARINA*

Paul rencontre l'agent Pierre à la Marina, môle de Palerme, et le prend pour
confident. Pierre répond à ses confidences par des renseignements sur la
vie sicilienne. Au moment même où Paul parle d'éternel amour, il voit
Giovanna passer et saluer un autre jeune homme. Le soir, il est à la
mélancolie de son doute amoureux, quand il entend un chant symbolique
de son amie.

OR il se trouva que l'agent,
Honnête exilé de la France,
Était un homme intelligent
Comprenant l'humaine souffrance.
Je le pris donc pour confident,
Un jour que nous nous rencontrâmes,

Et le bon vin peut-être aidant
A rapprocher un peu les âmes,
   Dans un bar de la Marina,
Sur mon aveu d'abord timide,
J'appris qu'une autre Giovanna
De ses rêves était l'Armide.

   Puis, comme il faisait honneur, là,
Aux macaronis, aux polypes,
Au chevreau, que le marsala
Relevait de ses chauds principes,
   Je repris : Lorsque nous aimons,
Les éléments de la nature
Semblent se changer en démons
Pour nous imposer la torture ;
   Le spleen surgit, le sommeil fuit ;
Las d'errer comme une âme en peine
Qu'on cherche la foule et le bruit,
Le mal y prend la forme humaine.
   Souvent l'imagination
Pense apercevoir ce qu'elle aime,
Et son hallucination
Ne voit surgir qu'un spectre blême !

Dès lors dans la réalité,
Qu'elle dotait d'un doux visage ;
La moindre contrariété
Lui paraît de morne présage :
　C'est un renard caché qui mord
Le sein, qu'il faut en Spartiate
Vraiment subir jusqu'à la mort,
Que mainte passion ingrate.


　Hélas ! oui, répondit l'agent,
Dont la propre Sicilienne,
D'un pas alerte et diligent,
Passait en robe d'indienne,
　Le port et le flanc svelte et rond,
Un châle de laine à l'épaule,
Un foulard de satin au front,
Plus brune dans l'azur du môle...
　Si fiancé je n'étais sûr
De l'amour de ma fiancée,
J'aurais dans un sort déjà dur
Moi-même une vie insensée !

Et nous en étions au moka,
Après quelqu'orange ou banane,
Quand seulement il attaqua,
Tout en allumant un havane,
Le point le plus intéressant,
Qui prêtait au préfet un rôle,
Dans notre voyage récent
Défini par une parole...
C'était, dit-il, un intrigant,
Qui, dans sa charge sociale,
Était trop clément au brigand,
Selon la chronique locale...


Il ne voulut m'en dire plus,
Mais lorsque je lui dis moi-même :
En sa campagne à l'angelus,
Hier, j'ai revu celle que j'aime...
Il reprit : Soyez vigilant
De crainte que bientôt un frère
Ne trouble un duo si galant
D'une façon très arbitraire...

Ici l'on est méticuleux
Sur le chapitre de la femme ;
Et l'on y voit maint nébuleux
Roman s'y terminer en drame.

Quand la famille espère tout
De votre amoureuse faiblesse,
Lorsque ses membres voient surtout
En vous une ouverte simplesse,

Vous avez droit pour leur bonheur
D'immoler parenté, fortune,
Pays, conviction, honneur...
Que si pour raison opportune,

Loin d'en profiter vous voulez
Rompre, ils mettront tout en usage :
Menaces, guet-apens, stylets,
Pour vous contraindre au mariage.

Savez-vous d'un autre côté,
Si, courtisant la demoiselle,
Quelqu'amateur de sa beauté,
Lui-même n'est pas aimé d'elle ?

En France on le saurait bientôt
Par la voix de la renommée,

En Sicile un coup de couteau
Vous préviendra qu'elle est aimée ;
  Celui qui vous l'aura donné
Dans sa passion vengeresse,
Verra son acte pardonné
Ou loué comme une prouesse :
  Car plus d'un dolent patito
Dira, le sourire à la face :
Le Français mourut subito ;
Que veut-on, hélas ! que j'y fasse ?
  Et d'une aussi plaisante humeur,
Si vous restez dans la galère,
La sicilienne rumeur
Reprendra : Qu'allait-il y faire ?


  — Eh bien ! je préfère la mort
Aux sombres tourments de ma vie ;
C'est un sein délirant que mord
Ma passion inassouvie...
  L'accident, que m'importe-t-il ?
Toute autre mort vaut mieux que celle

Due au venin lent et subtil :
Je ne saurais vivre sans Elle !
    — Quand sans espoir la passion
Ronge le cœur, c'est un remède
Vieux que la séparation,
Mais tout à l'honneur de qui cède.
    — Ah ! lorsque l'on est de sang-froid,
On en parle bien à son aise...
Vous avez votre bague au doigt...
Je croyais aussi qu'on apaise
    Le désir par de beaux conseils ;
J'en ai donné beaucoup moi-même :
En vous en donnant de pareils
Pour renoncer à qui vous aime,
    Qu'auriez-vous fait ? — J'avais l'espoir.
— Que le sens commun justifie
L'espoir ou non, que peut valoir
Au cœur cette philosophie !
    Jeanne m'aime-t-elle ? est un point ;
Me la donnera-t-on ? est l'autre...
Et, ne me la donnât-on point,
Je l'aurais, l'amour étant nôtre !

— Admettons que, fort d'un aveu,
De son paternel domicile
Arrachant l'objet d'un doux vœu,
Vous l'emmeniez loin de Sicile;
   Encore que vous l'emportiez
En vous lançant dans cette guerre,
De pareilles inimitiés
A l'amour ne profitent guère;
   Qui sema le vent récolta
Toujours l'orage, dit l'adage...
Et comme lui la vendetta
Planerait sur votre ménage !
   — Il faut s'exposer au naufrage,
Dans un pareil enlèvement
Et triompher par son courage,
Ou périr pour son sentiment.
   — Quand on est riche, la famille
Daigne parfois vous seconder
Dans le rapt d'une jeune fille
Qu'elle voudrait vous accorder;
   Pour la contrainte au mariage
Ce premier nœud, formant lien,

En ce cas plairait davantage
A maint père sicilien,
　Qui pourrait au fort de l'orage
Qu'occasionne un tel départ,
Gardant la dot grâce à l'outrage,
A vos dépens mieux rire à part.
　— Que m'importe la dot? c'est Jeanne,
Unique objet de mon espoir,
Que je veux aimer en profane
En son mystique nonchaloir...
　Mais ciel ! n'est-ce pas elle-même,
Qui passe en break familial,
Et salue, ô doute suprême !
Le patito proverbial?

*
*　*

　Dans la nuit brune à lueur blonde
La paix semble émerger du bruit ;
Le Corso qu'animait le monde,
Redevient pierre : Il est minuit.
　Jeanne au palais de sa famille
Pense-t-elle à ce cavalier,

Auprès de sa lampe qui brille,
Là-bas, d'un éclat familier?

Moi, dans mon logis solitaire,
J'attends de la nuit un conseil,
Car l'oubli des maux de la terre
Ne me viendra pas du sommeil.

Ci gisant, la croisée ouverte,
Je songe combien tristement,
Sur ma couche oiseuse et déserte,
Les yeux fixés au firmament,

Quand il me semble qu'une étoile,
Ma propre étoile apparemment,
Dans un nuage comme un voile
Drape son feu de diamant :

Le voile est corps, l'étoile est âme,
Le corps, fruit du jeu nuptial,
L'âme, étincelle de la flamme,
Où resplendit notre idéal.

Est-ce de mon amour l'emblème
Ou le symbole de mon art?
Galathée ou l'enfant que j'aime,
Qui me console d'un regard?

En vain je veux fixer mon rêve...
Dans le ciel mobile et changeant
La forme que mon cœur achève
Se désagrège en fils d'argent...
   Mais quels accents à mon oreille
Parlent d'espoir ? Rêvé-je encor ?
A la romance qui m'éveille
La harpe mêle son accord :

   *« Étoiles, célestes abeilles*
*D'un jardin au divin trésor,*
*Quelle fleur aux lèvres vermeilles*
*Attire votre long essor ?*

   *Verrez-vous mes peines cruelles,*
*Vous qui comblez d'autres que moi,*
*Sans dispenser le miel des belles*
*Roses du ciel à mon émoi ? »*

   Giovanna se tait — car c'est elle,
La harpe d'or encore aux doigts,
Truchement d'une âme immortelle,
Dont l'écho répond à ma voix.

# CHANT IV

—

## *LA FAVORITA*

Paul invite à déjeuner l'étudiant Salvator, son voisin, et se renseigne auprès
de lui sur la famille Léo. Il profite d'une bataille de fleurs pour lancer
un billet à Giovanna, qu'il demande bientôt après en mariage.

SUR ce doux chant de ma voisine,
Comme Stefano, son cousin,
Étudiait la médecine
Avec Salvator, mon voisin,
J'allai chez l'enfant d'Agrigente
Avec un air de voisiner,

Et dans sa mansarde indigente,
Je le quéris à déjeuner.
 J'espérais bien qu'un mot utile
Servirait mon galant projet,
Sans qu'une allusion futile
En signalât le doux objet...
 Aussi, lorsque le syracuse
Arrosa, grâce à quelque muse
Culinaire, certain mets tel
Que du rouget au vermicel,
 J'appris ce qu'ailleurs en Sicile
Je n'aurais su ni peu ni prou ;
Car mainte énigme est difficile
A résoudre en l'alme terre, où
 Bien des gens auxquels on s'adresse
Pour avoir un renseignement,
Savent, feignant la maladresse,
Nous confesser plus dextrement...
 J'appris donc que ma Galathée,
L'ultime des frères et sœurs,
D'eux et de ses parents gâtée,
Connaissant toutes les douceurs,

Étant bonne musicienne,
Aimant lis, roses ou lilas,
Parfois, l'œil à la persienne,
Attendait... — Qui ? — Pas nous, hélas !

J'appris aussi, ce qu'on ignore
Dans maint pays moins inhumain,
Qu'un Sicilien point n'honore
Des tendres liens de l'hymen
Celle qu'un autre de sa lèvre
Effleura, même sans désir ;
Et, des leurs par ma propre fièvre,
J'appris la leur avec plaisir,
Moi, qui, par mainte causerie
Avec les plus intelligents,
Sais qu'il est en toute patrie
Amour farouche et braves gens.

Salvator vivait à Palerme
Sur un pied de cinquante francs,
Que, de Girgenti, pour le terme
Du mois, lui mandaient ses parents ;

Mais par-ci par-là du laitage,
Des œufs, des fruits, du vin, du miel,
De leur providence autre gage,
Pleuvaient, aussi manne du ciel ;
Et Salvator faisant figure
Mondaine... Dieu sait son moyen !
Serein comme un heureux augure,
Veillait au dessert du doyen,
Travaillait comme en sa galère
Forçat jamais ne travailla,
Sans rien envier dans sa sphère
De ce qu'il voyait au delà...


Après la susdite pâtée,
Une glace avec du muscat,
Tout en devisant dégustée,
Nous conduisit jusqu'au moka ;
Puis, m'exprimant sa gratitude,
L'ami Salvator se rendit
Derechef à sa chère étude
Pour en tirer gloire et crédit.

*
* *

Moi, porté par la flânerie
De l'amour loin de l'ébauchoir,
Au tournoi de galanterie
Que Palerme donnait ce soir,
    J'allai bientôt dans un carrosse,
Preux combattant pour nos couleurs,
Comme on remplit un sacerdoce,
Livrer ma bataille de fleurs,
    Et suivis, loin d'être maussade,
La via della Libertà,
Où la mondaine carrossade
Filait vers la Favorita...
    (Vieille résidence estivale
Avec un royal casino
Dont la guirlande festivale
Ceint le Monte Pelegrino);
    Là, dans le feu des lèvres roses
Comme dans l'éclair des yeux noirs,

Au jeu des myrtes et des roses
Les ris lutinaient les espoirs,
  Et, pour aller à son adresse,
Prenant un prétexte d'humour,
Maint tendre aveu dans l'allégresse
Marquait l'étape d'un amour.
  Moi-même j'avais... mais silence !
Giovanna dans un char coquet
Apparaît, passe, et je lui lance
Un billet doux dans un bouquet.


*
* *


  Encore ému des doux prestiges
Conquis durant ce festival,
Je rêvais à d'autres prodiges
En regrettant le carnaval...
  Cette fête est, en Italie,
Toujours propice à Roméo,
Et mainte âme à l'âme s'y lie
Comme la mienne à ma Léo.

Dans son ouragan de folie,
Au lieu de penser au plaisir,
Ma discrète mélancolie
Eût réalisé son désir ;
Je me serais rapproché d'Elle
Comme un ami, comme un parent,
Et j'aurais, la trouvant fidèle,
Rendu mon masque transparent.
Près de Jeannette ou Juliette
Me voyant, on se serait dit :
Ils jouent, Pierrot avec Pierrette,
Quelque vaudeville inédit.
L'incognito pour tout le monde
Sauf elle, en mon déguisement,
Eût rendu ma tâche féconde :
Elle acceptait l'enlèvement...
Et moi, sans un remords dans l'âme,
Comme j'en aurais aujourd'hui,
Pour mieux satisfaire ma flamme
M'étant avec l'idole enfui,
Je n'aurais pas connu sa mère
Acquise ou non à mes amours,

Et, sans penser au deuil du père,
Par toutes sortes de retours,
   Je l'aurais emportée en France
Pour y couler des jours si doux...
Ah ! vraiment je n'ai pas de chance :
Le carnaval est loin de nous !


   Au balcon, fumant mon cigare,
J'étais dans ces réflexions,
Qu'engendrait de son flot bizarre
Le torrent de mes passions,
   Injuste envers la destinée,
Qui, pour répondre à mes efforts,
M'avait dit cette après-dînée
Ce que j'ignorais jusqu'alors...
   La mère de Jeanne en calèche
D'un bon œil avait vu l'essor
Du bouquet dont j'avais fait flèche
Pour ce qu'elle ignorait encor,
   Et de Jeanne ou Giovanna même
Un sourire m'avait permis

De penser : Vraiment elle m'aime
Plus que l'on ne s'aime entre amis...
  Mais c'était le sort de ma lettre
Qu'anxieux j'attendais ainsi...
Peu désireux de me soumettre
Au rôle d'amoureux transi,
  Malgré ma crainte de commettre
Ou d'avoir commis en ce jour
Un acte qui dût compromettre
Le rêve azuré de ma cour...
  Je voyais, fumant mon cigare,
Bien un lampadaire, là-bas,
  Qui résplendissait comme un phare ;
Mais le salut n'arrivait pas !


** * **


  Le lendemain la persienne
Close, à mon âme, révéla
Que ma chère Sicilienne
Avait regagné sa villa...

Quoi ! pensai-je, languir encore !
Toujours la séparation !
Sans qu'un seul astre daigne éclore
Au zénith de ma passion !..

Alors dans mon ardeur extrême,
Ne sachant plus que devenir,
Je risquai comme enjeu suprême
Sur un coup de dé l'avenir.

J'élus l'agent pour émissaire,
Lui contai mon cas sans détour,
En y joignant tout le glossaire
Délirant des peines d'amour :

Allez, lui dis-je, auprès du père,
Faites-lui part de mon souci,
Soumettez-lui ce que j'espère
De sa paternelle merci !

# La Statue

## CHANT V

—

## *TRINACRIA*

La demande de Paul est accueillie favorablement par la famille de Giovanna.
Les accordailles sont célébrées. L'artiste rend hommage à la patrie de sa
fiancée.

O HYMEN ! O Hyménée ! O
Hymen ! Hymen ! O Hyménée !
Le ciel orna ma destinée
De la contessina Léo.

   A table entre le patriarche
Et ma promise Giovanna,

Combien heureux je suis dans l'arche
Où j'entonne un tel hosanna !
Où, près du comte, la comtesse
Préside à l'ordre du festin,
Tandis que leur famille adresse
De doux vœux à notre destin,
Où, poésie unie à prose,
Des vases l'on voit émerger,
Parmi la palme et le laurose,
Des bouquets de fleurs d'oranger.

Seul, un vieux serviteur fidèle
Passe couvert, flacon et plat,
Anchois, caviar, mortadelle,
Asti, falerne ou marsala.

Huîtres affluent, langouste, olives,
*Past' alla napolitana,*
Vol-au-vent, agneau, faisan, grives...
Je me fiance à Giovanna !

Dans un joyeux épithalame
Nous célébrons cet heureux jour ;
La mère est acquise à ma flamme,
Le père bénit notre amour.

Nectar divin, le malvoisie
Coule au banquet de notre hymen,
Mêlant son flot à l'ambroisie
D'un rob. diaphane et carmin.

Ainsi qu'on voit perler l'étoile
Au front des nuits à voile noir,
Sous ses cheveux au sombre voile
Perle l'espoir de mon manoir,
    Quand Giovanna, harpe à l'épaule,
Égrène, de sa voix de miel,
Des notes d'or... plus qu'à ce pôle
On n'en découvre au champ du ciel :

*« Est-ce le printemps qui m'enivre,*
*Lui si blond dans l'éther si bleu ?*
*Les plantes paraissent revivre*
*Pour exhaler un tendre aveu :*

*Fleurissez-nous, blancs asphodèles,*
*Que parfume un souffle de Dieu ;*
*Au havre des âmes fidèles*
*Notre salut est sans adieu...*

*— Ed anch' io di tutto cuore*
*Verso l'Eterno clamo : Fa*
*Il dolce omega dell' amore*
*Purissimo come l'alfa! »*

*
* *

Combien je t'aime, Trinacrie,
Superbe et fatale patrie,
Ainsi qu'aux exploits des héros
Propice à ceux du doux Éros.
  Là, Galatée, à Polyphème
Préférant le berger Acis,
Voit devenir celui qu'elle aime
Torrent, et c'est là que, jadis,
  Lycénie, épouse légère,
A Daphnis enseigna l'amour,
Afin qu'à Chloé, sa bergère,
Il pût l'enseigner à son tour...
  Dans cette île chère à l'idylle
De Théocrite et de Virgile,

Et dont toute une antiquité
Révèle la vitalité :
Voici l'hellène Syracuse
A la fontaine d'Aréthuse,
Là Messine, Taormina
Et Catane, au pied de l'Etna ;
Ici les monts, et là les combes...
De l'acropole aux catacombes,
Des arènes, des aqueducs,
D'un âge d'or témoins caducs ;
Les ruines de Sélinonte,
Marsala, Trapani, Solonte,
Et, dans un autre Frascati,
Les temples du vieux Girgenti.


Vous qui vécûtes en Sicile,
Pindare, Simonide, Eschyle,
Dans les agapes d'Hiéron,
Ainsi que plus tard Cicéron ;
Platon, Diodore, Archimède,
Grands esprits au divin remède,

Mes oracles, daignez bénir
Les rêves de mon souvenir !
   Quant à vous, guerriers de tout âge,
De Sparte où régna Ménélas,
D'Athènes vouée à Pallas,
De Bysance, Rome ou Carthage ;
   D'Odin, Baal, Moloch, Allah,
Vous, plus farouches acolytes,
Dont tour à tour le pied foula
L'ancien sol des Troglodytes,
   Et dont au collège cent fois
On nous raconta les exploits,
Éclairez une autre épopée
De la flamme de votre épée !
   Que les gloires et les revers
De l'Anjou, l'Aragon, l'Espagne,
De la France ou de l'Allemagne,
Ne troublent pas non plus mes vers :
   Ma muse aimante et pacifique,
Sensible au malheur angevin,
Entend Procida fanatique
Et plaint ce pauvre Conradin.

# CHANT VI

—

## *LE RÊVE ET L'ŒUVRE*

Giovanna se plaint de la mélancolie de Paul ; lui la console : C'est pour leur gloire qu'il travaille ; ce n'est que la création de Galathée qui absorbe l'artiste.

LA mer aux soupirs de sirène
Ondulait à la nuit sereine ;
L'oranger fleurait le printemps
Au souffle béni des autans ;
 Et près du flot qui baise et charme,
Tendre caresse, aimante larme,
Les abords de la Conque d'Or,
Seul notre amour veillait encor.

Poésie, ô Scheherazade !
Céleste baume à mes ennuis !
Nectar à divine rasade !
Muse des Mille et une nuits !
Ai-je trouvé la voie lactée
De mon nébuleux idéal ?
Verrai-je surgir Galathée
Du bloc d'albâtre virginal ?
Sentirai-je, ô forme voilée !
L'âme vibrer dans sa prison ?
La mer chante l'ombre étoilée ;
Palerme enchante l'horizon...

A Corsari, sur la terrasse
Familiale des Léo,
J'entends mon amie, à voix basse,
Mêler sa plainte au chant de l'eau :

Pourquoi toujours es-tu si sombre,
Dans l'universel hosanna ?
Perdu comme un nocher qui sombre...
Ne suis-je pas ta Giovanna !

Tu m'as affirmé que tu m'aimes ;
Mon père t'accorda ma main :
Si tes sentiments sont les mêmes,
Rien ne s'oppose à notre hymen.

Les moindres bouquets que me donne
Ton rêve blanc de *zagara*[1],
Sont des fleurons à la couronne
Que cet hymen nous tressera.

Je quitte famille et Sicile
Pour aller vivre sous ton toit :
Dussé-je ne plus voir mon île,
Je ne saurais vivre sans toi.

Pourquoi dès lors cette souffrance ?
Notre amour pour unique lot,
Ne sera-t-elle pas, ta France,
L'Éden encore, ô Paolo !


Aux lèvres de ma fiancée
Mon bonheur était suspendu,

---

1. *Zagara*, fleur d'oranger, en sicilien.

Mais au sentiment la pensée
Disputait mon être éperdu ;
  Était-ce tel ou tel obstacle
Se dressant... hélas ! non, c'était
Le mystère du tabernacle
Libérateur qui m'attristait :
  Je suivais au ciel de l'idée,
— Le ciseau comme talisman, —
Mon étoile, astre de Judée,
Dont j'espérais un Chanaan...

  Oh ! cette passion qui tue
Ou crée ! oh ! cette ambition
Qui vit ou meurt de la statue
Où doit vibrer sa passion !
  Malheur à tout homme qui goûte
A l'arbre du bien et du mal !
Malheur à nous ! malheur à toute
Ame sœur de notre idéal !...

  Giovannina, pourtant lui dis-je,
L'avenir puisse-t-il bénir

Notre rêve au divin prodige
Comme je bénis l'avenir !
  Au Mont Palatin de la France,
Où l'art s'érige un Alhambra,
Où sur son aile l'espérance
Tous les deux nous emportera,
  De l'ivresse de la veillée
Passant au songe du sommeil,
Ton âme encore ensoleillée
Bénira notre doux soleil,
  Bénira notre alme hyménée,
Charme d'un bienheureux séjour,
Et voudra que la destinée
Rende le jour semblable au jour ;
  Que si jamais la nostalgie
Au calice de notre amour
Verse une larme d'élégie,
Où perce un désir de retour,
  De la zone froide à la chaude,
Nous reviendrons heureux encor...
Des champs d'opale et d'émeraude,
Au ciel d'azur à soleil d'or.

*
* *

Lorsque Madame la comtesse
D'Alba, mère de Giovanna,
Folle pourtant de sa noblesse,
M'accorda la contessina,

Léo pensait à sa famille,
Dès la couronne d'oranger,
Réserver la part d'une fille
Qui s'en allait à l'étranger.

Aussi dès lors contents, les frères
(D'un lien qui leur assurait
L'intégrité des biens agraires)
Me vouèrent-ils intérêt ;

Même l'un d'eux, paraissant craindre
La rupture, eût parfaitement
Favorisé, pour me contraindre
A l'hymen, un enlèvement...


Mais sur l'âme à l'âme diverse,
Le phare altier du sentiment

Rayonnait dans cette traverse
Comme un astre du firmament ;
  L'ange du rêve sur une aile
A blancheur de neige éternelle
M'emportant, laissait sans rancœur
Le chœur de son amour au cœur,
  Et d'un monde où le sort mélange
Orage et calme, nuit et jour,
Mon cœur, au sourire de l'ange,
Ne goûtait que ce chœur d'amour...


  Quand en relief au saint portique
Où s'arrête l'illusion,
Surgit dans une pose antique
Une blanche apparition,
  Mot de l'énigme qu'on devine,
Lyre aux ineffables accents,
Calice à l'ivresse divine,
Alpha, oméga de nos sens :


  O toi ! qui des œuvres de pierre
Dispenses l'inspiration

Et d'un baiser clos la paupière
A toute humaine passion,
  Déesse ! oh viens ! c'est Galathée
Même ; en rêve elle nous attend,
Médusant sa forme enchantée,
Pétrifie-la : je l'aime tant !


  « Aime-la donc, dit-elle, artiste,
La pure étoile du halo ;
Du ciel ravis-la... Qu'elle existe !
Fais-en ta Vénus de Milo !
  Garde à l'être l'amour de l'âme,
Donne au rêve de l'âme un corps ;
Ta Galathée, en cela femme,
Veut céder mais résiste encor :
  C'est pourquoi, bien qu'immarcescible,
Dans toute la sincérité
D'un front à l'amour accessible,
Révèle son humanité,
  La main droite au cœur, et la gauche
Voilant un charme initial,

Candide enfin comme une ébauche
Destinée au jeu nuptial. »


Mais déjà la forme albastrale
Se détache sur un fond noir,
Comme sur la nuit l'aube astrale
Et sur la détresse l'espoir ;
De pied en cap parachevée,
Avec son charme inspirateur,
Elle est debout l'âme rêvée,
Due à mon souffle créateur ;
Au grand réveil la voix s'est tue :
Palpable, d'où qu'elle émanât,
La voilà, déesse ou statue...


O Giovanna ! ma Giovanna !


Pourquoi cette alarme jalouse
Que je lis dans ton noir regard ?
N'es-tu pas de mon âme épouse,
Et sœur de mes doux rêves d'art ?

Fuis le malin esprit du doute ;
C'est de marbre qu'il est ce sein
Que ton amour en vain redoute :
Le rêve est sacré, l'art est saint !

# La Fiancée

# CHANT VII

---

## *BANDITISME*

Giovanna parait conquise, quand Paul voit l'influence de l'esprit sicilien
sur elle. Le fils du brigand Lopez devient son rival. Le rentier Rivas
lui raconte les exploits du banditisme dans la contrée. Triste intuition
de l'artiste.

D ÉJA la fête patronale,
Qui dans la saison estivale,
A la Santa Rosalia,
Fleurit la villa Giulia [1]
De tricolores girandoles,
Et fait partir un hosanna

---

[1] Jardin de Palerme.

De flammes et de barcarolles
Dans le ciel de la Marina,
Déjà la fête était passée
Par ma candide fiancée,
Mon rêve d'abord condamné,
Me fut-il enfin pardonné,
Puisqu'elle vit par ma fenêtre
Celle dont son cœur fut jaloux
Sous ses propres traits apparaître ?
Dieu de l'amour, réponds pour nous !


Corps même de mes rêves roses,
Marmoréennement humain,
Le front couronné de lauroses
Et des fleurs d'oranger en main,
Cependant lorsque ma statue,
De son piédestal, mon autel,
M'offrit tout ce qui constitue
Un gage d'amour immortel,
Giovanna dans ma Galathée,
Qui n'était plus qu'un truchement

D'une âme flattante et flattée,
Tressaillait fémininement.


Et je dis alors à la forme,
Sans penser qu'elle m'entendît,
Mon adoration énorme ;
Elle pourtant me répondit...
Le fond de velours se soulève,
L'Utrecht noir du Paros si blanc,
Eh quoi ! le sylphe de mon rêve
Animait donc ce corps troublant...
Elle répondit à ma fièvre
Passionnelle en paraissant,
M'offrit dans l'encens de sa lèvre
La foi d'un cœur reconnaissant,
Et, d'une immortelle parole,
Au charme idéalisateur,
Intervertissant notre rôle,
Fit un dieu d'un adorateur,
De moi, qui la tins enlacée,
Sans pouvoir trouver un seul mot ;

Car toute ma peine passée
Se résumait en un sanglot...


*
* *


L'autre jour avec une bague
De perles et de diamants,
Trésor du roc et de la vague,
Lueur de mes doux sentiments,
   J'allai trouver ma bien-aimée
Dans le familial verger ;
Je l'y vis sous une ramée
De citronnier et d'oranger ;
   A sa maestria de brune
En robe à couleur clair de lune,
Le vert gazon formait tapis,
Par un ciel d'éclatant lapis.
   Un ruban d'eau claire et limpide,
Qui baigne en ce jardin d'Armide
Des cannes et des tulipiers,
Coulait doucement à ses pieds.

Assise auprès de la ruine
Qui fut un temple de Vénus,
Elle était là, mon héroïne
Chère à mon cœur de plus en plus.

Et, relief blanc sur un fond d'ombre,
Semblait fée à l'esprit humain,
Rêver devant l'ouvrage sombre
Du temps, au jour sans lendemain :

Amoureuse à l'amour rebelle,
Autre prophétesse d'Endor,
Velléda n'était pas plus belle
En druidesse à serpe d'or...

Je m'approche d'elle et la touche :
Sainte rougeur, pudique émoi,
Mais attitude moins farouche,
En voyant que ce n'est que moi,

Qui cueille, rosette à la branche,
Un baiser que l'amour me doit,
A son beau col de *dame blanche,*
En lui glissant ma bague au doigt.

*
* *

Mais quel est l'esprit des ténèbres
Qui s'est entre nous faufilé,
Suspendant ses voiles funèbres
A l'essor de mon rêve ailé !
De moi Giovanna doutait-elle ?
Dois-je douter d'elle aujourd'hui ?
Puisse l'amour d'une mortelle
Combler mon immortel ennui !

A la villa sur sa guitare,
Hier, certain Lopez a chanté
Une romance au ton bizarre,
Dont depuis mon être est hanté ;
Poignante était cette romance :
« Ne t'en va pas si loin de nous ! »
Qui valut un succès immense
Au jaloux dont je suis jaloux :
C'était par sa voix la Sicile
Entière pleurant le départ

D'une *zita* [1], joyau de l'Ile,
Que chacun rêvait pour sa part.
Je crus avoir vu cet artiste.
Dans quelque estudiantina,
Puis reconnu en lui le triste
Patito de la Marina...


En mémoire donc de Sabine,
Sculpteur aussi, fille d'Erwin,
Sois, Destin, à l'âme divine,
Propice à mon amour divin!
Toi, Galathée immaculée,
Que jadis le rival d'Otto
A son mal aurait immolée,
Reste un ange ou péris plutôt!


*
* *


Eh! quoi, je trouve aujourd'hui même
De nouveau ce même Lopez,

1. *Zita,* fiancée, en sicilien.

Qu'en mon ressentiment suprême
Déjà j'envoyais *ad patres!*

Avec son père à Vill'Abate,
Non loin d'Acqua deï Corsari,
Il habite une case ingrate,
Dans un délicieux abri

De fleurs, de chants, d'oiseaux, d'abeilles,
De mimosas, de bananiers,
De palmiers, d'amandiers, de treilles,
De figuiers et de citronniers.

Comme nous allions en famille
Nous promener par là ce soir,
Et qu'il était sous la charmille
Paternelle, il nous fit asseoir ;

Le père, semblant galant homme,
Vint lui-**même** en hôte charmant
Faire les honneurs de son *home,*
Depuis l'épi jusqu'au sarment ;

Le fils nous offrit du fromage
De chèvre, des fraises, du vin,
Puis à Giovanna fit hommage
D'un joli bouquet du jardin

Celle-ci l'agréa, sensible
A la politesse, pourtant,
Ma peine étant assez visible,
Parut l'oublier en partant.
    Mais ils me semblaient bons, en somme,
Les deux hôtes de la maison,
Quand on m'en donna le chef comme
Ayant fait dix ans de prison.


*
* *


A Palerme, en mon voisinage,
Allant aux informations,
Chez Rivas, patron de l'étage[1]
Du palais que nous habitions,
    J'appris encore sur ce thème,
Qu'on disait que le vieux Lopez,
Lui-même jadis anathème
Bertram ou Méphistophélès,

1. Certaines maisons de Palerme ont autant de propriétaires que d'étages.

Comme en Abbruzzes ou Calabre,

César [1], Diavolo, Parella,

Dirigeait la danse macabre

Du banditisme, lui, par là ;

   Que du brigand Léone [2] émule,

Il n'eût rien pris, au grand chemin,

Du Saint-Père sans baise-mule,

De la Reine sans baise-main ;

   Qu'il vit certain soir à Palerme,

Alors que les carabiniers

Le relançaient dans quelque ferme,

Les lieutenants de ces derniers ;

   Avec eux sabla du champagne,

Séduisit le plus intrigant

Par son brio de grand d'Espagne

Dans l'incognito du brigand,

   Puis, assumant toute largesse,

Dont Bacchus, Pomone et Cérès

---

1. Césare, qui fut nommé général de l'armée napolitaine par le roi Ferdinand IV en même temps que Michele Pezza, surnommé Fra Diavolo, colonel, lors des guerres du premier Empire, et Parella, dont la tête fut livrée plus tard à Murat.

2. Léone, brigand sicilien contemporain.

Gratifièrent la liesse,
Fila, laissant un nom .. Lopez !


Certes que Léone, à tenailles
Arrachant maint aveu du sein
Trop récalcitrant des ouailles,
Qu'il confessait en assassin,
Obtenait aussi des rebelles
La tire-lire des gros sous,
Grâce au petit feu de chandelles,
Qu'il accommodait au-dessous ;
Alors qu'en des œuvres pareilles,
Lui n'avait guère à son actif
Qu'un nez, une paire d'oreilles,
De quelque prisonnier rétif,
Ou dont la famille rétive,
A des questions de rançon
De formule assez positive,
N'avait répondu que chanson.

Jaloux, dit-on, d'une compagne,
Il avait tué son rival,
Et pris aussitôt la campagne,
Sans autrement penser à mal.

Que faire au large? Il faut bien vivre
Aux dépens des gouvernements,
Mater, quand on se voit poursuivre,
Les sbires les plus alarmants;

Lui tint certes avec la bande,
Qu'il commanda le front masqué,
Sur certains passants de la lande
Quelquefois son fusil braqué;

Mais au gibier sans importance,
Que ce fût de jour ou de nuit,
Toujours, moyennant redevance,
Il accordait un sauf-conduit,

Quoi qu'en dise au pays encore
Maint gros bonnet qui le craignait
Et n'eût pas fait le matamore,
Aussi longtemps qu'il y régnait.

Car, là-bas, la maréchaussée
Apparaissait et repartait,
Craintive à la seule pensée
De le rencontrer... lui restait !
　Pourquoi donc, quand cette milice
Appréhendait un sort fatal,
L'aidant, s'exposer au supplice
Vengeur d'un être un peu brutal,
　Pourtant au peuple charitable,
Et qu'on ne vit, en vérité,
Jamais tuer un pauvre diable
Que pour sauver sa liberté !


　D'autre part les propriétaires,
Qu'il avait parfois séquestrés,
Étaient parmi les prolétaires
Généralement abhorrés :
　De sorte qu'on trouvait en somme
Ceux-là peu dignes de pitié,
Et qu'on plaignait Lopez en homme
Sujet à trop d'inimitié !

Pourquoi vit-il à Vill'Abbate
Maintenant à l'abri des lois?
Demandai-je au vieux démocrate,
Historien de ses exploits.

Sous l'œil de la gendarmerie,
Répondit alors l'épicier,
(Car Rivas dans l'épicerie
Fit son pécule de rentier),

Lopez dans cette résidence,
Depuis qu'il a fait ses dix ans,
A sa sœur comme providence,
Dit-on ; mais des biens suffisants,

Prix d'une sage économie
Pratiquée en d'autres séjours,
Lui permettent sans aide amie,
Certes, d'y couler d'heureux jours ;

Et même, admettant qu'une affaire
De Panama le maltraitât,
De par la loi, dans cette sphère,
Il serait nourri par l'État...

Faisons la part de leur coutume...
*Dove vai, usi che trovi* [1] *!*
Pensai-je avec moins d'amertume ;
D'ailleurs : *Sub sole quid novi ?*

Jadis terreur de sa province,
Le grand chemin comme crédit,
De burgrave on devenait prince,
Ou chef de son ban de bandit ;
Après comme avant les croisades,
On s'anoblit au coin du bois,
Jusqu'au jour où sans embuscades
On pût voler comme autrefois !
Aujourd'hui c'est Robert Macaire
Qui mène le bal des lingots,
Et prélève sans guet ni guerre
Un large impôt sur les gogos !
Que rois aient lot à loterie,
Souvent pouvoir, grandeur, trésor,

1. *Paese che vai, usi che trovi.* En quelque pays que tu ailles, suis les us que tu y trouves. (Proverbe italien.)

Dépendent d'une coterie :
Tout ce qui brille n'est pas or !
    Mais tout chemin conduit à Rome...
*Audaces fortuna juvat !*
Et toujours et partout, de l'homme
Maint Lopez obtint son *vivat !*

** **

*Je parlais à ma fiancée,*
*Nous étions seuls à son balcon.*
*Elle morbidement glacée,*
*Et moi la tenant enlacée,*
*Mort de la mort de ma raison...*

*L'astre au déclin de son sillage*
*Encore éclairait son front pur ;*
*Cependant un vague présage,*
*De notre hymen comme un nuage,*
*Obscurcissait déjà l'azur.*

*Jamais je ne fus si près d'elle*
*Et ne la vis si loin de moi ;*
*Jamais, en la voyant si belle,*
*Mon esprit ne fut plus rebelle,*
*A tous mes sens remplis d'émoi :*

*Qu'a-t-elle fait des violettes*
*Dont ma main a fleuri son sein ?*
*Pensais-je. Est-elle des coquettes*
*Qui brisent l'âme des poètes*
*Dans leurs amours sans lendemain !*

*Fantômes de la jalousie,*
*S'il existe encore un espoir,*
*Suspendez une frénésie*
*Qu'éveille dans la fantaisie*
*Votre cortège blanc et noir !*

*Mais quelle vision cruelle*
*Donne une forme à mes douleurs ?*
*C'est au détour d'une ruelle,*
*Une sérénade, et c'est elle*
*De son balcon jetant mes fleurs !*

*Maintenant l'espérance est morte...*
*Je vois que son cœur sans remord*
*A l'enfer mondain qui l'emporte*
*A deux battants ouvre sa porte...*
*Maintenant notre amour est mort !*

*Cependant mon âme lassée*
*S'attache comme un revenant*
*Au vampire de sa pensée,*
*A l'immortelle fiancée*
*D'hier, mortelle maintenant...*

*J'ai beau répéter à cette âme :*
*L'esprit doit dominer le cœur.*
*Mon être mourra sans dictame*
*De sa passion d'une femme*
*Indigne aussi de sa rancœur.*

# CHANT VIII

## *LA JALOUSIE*

Paul jaloux se décide à une retraite momentanée. C'est en vain que Giovanna lui écrit. Un prêtre, mandé par la famille Léo pour le rappeler à ses engagements, lui conseille la rupture. Rivas apprend à l'artiste que ce prêtre est l'oncle de son rival. Salvator le renseigne sur la nature des relations entre les Léo et les Lopez. Giovanna doit aimer Paul, qui peut compter aussi sur l'amitié de l'étudiant.

DEPUIS plusieurs longues journées
Je n'allais plus à Corsari ;
Des lettres tendrement tournées
De Jeanne m'avaient attendri ;

Mais à leur juvénile instance,
Ou leur féminine raison
J'opposais de la résistance
Et je restais à la maison.

Même j'avais, comme un jésuite,
Dit que j'étais *in-disposé,*
Sous-entendant, à donner suite
Encore au problème posé.

Mais il était vraiment malade,
Mon cœur, mais mon être vraiment
Eût voulu, loin d'être maussade,
N'obéir qu'à son sentiment,

S'il avait vu sa jalousie
Comme un spécieux sophisme, en
Se figeant dans son hérésie,
Tout à coup manquer d'argument.


Ainsi, lorsque le doute existe,
Et que la vanité s'y joint,
Souvent l'esprit au cœur résiste,
Bien que le mal n'existe point.

Dans les faits les plus disparates,
Alors l'imagination,
En butte aux visions ingrates,
Voit une corrélation ;

Et la mémoire irraisonnée,
Qui dit : La femme de César
Ne doit pas être soupçonnée...
Change un rêve en un cauchemar ;

Là, l'homme en sa jalouse ivresse,
Plus influencé par autrui,
Prend l'amour pour une faiblesse
Et le trouve indigne de lui,

Jusqu'à ce qu'enfin l'innocence,
Resplendissant comme un flambeau
Glorieux, de divine essence,
Nimbe une martyre au tombeau.


Je subissais cette torture,
De l'énigme amoureux devin,
Et n'en tirais aucun augure,
Lorsque Dom Francisco survint :

Prêtre il était de Vill'Abbate
Et de la famille Léo...
Que votre esprit point ne s'abatte,
Dit-il, sous un divin fléau !

A votre mal, comme de l'âme
Le prêtre est toujours médecin,
J'obtiendrai, si je m'en réclame,
Remède, grâce à quelque saint...

Quoique ce vieillard ascétique
Peut-être me voulût du bien,
Sans affinité sympathique
Restant, je ne répondis rien ;

Lui-même, au pied de Galathée,
Idole de mes passions,
Assis, continua : L'athée
Sourd à nos consolations

Fût-il fanatique farouche,
Voit, quand la main de Dieu le touche,
Que dans le terrestre festin
L'homme est peu maître du destin.

Malgré ce qu'en pensent encore
Ceux qui me mandent près de vous,

Si quelque doute vous dévore,
Rentrez au sein d'un Dieu jaloux !
  Fuyez Palerme, la Sicile
Et les causes d'un mal mondain !
Certe il est âpre et difficile
Le chemin du céleste Éden ;
  Mais qui, loin d'un bien périssable
Sait le suivre avec sa vertu,
Ne bâtira point sur le sable,
Quelque déboire qu'il ait eu.


  Vraiment ! pensai-je, elle est donc morte,
L'œuvre avec la voix dans l'écho !
Quand Rivas parut à la porte :
Bonjour, dit-il, Dom Francisco !...
  Et celui-ci, quittant mon home,
A ma demande, il répondit :
Qui ne connaît pas ce brave homme,
Frère de Lopez le bandit !...

*<br>* *

Seul avec mon œuvre de pierre,
Je fus dès l'aube à l'atelier,
J'avais négligé l'agent Pierre,
Heureux amant, pour me lier
Avec mon voisin Salvatore,
Et comme j'allais envoyer
A Paris, en ce jour encore,
Le marbre, âme de mon foyer...
N'est-ce qu'un simple deuil d'artiste,
Perdant l'objet de son amour,
Saint-Amand, qui vous rend si triste ?
S'écria-t-il avec humour.
— Ah ! Salvator, lui répondis-je,
Combien mon sort serait plus doux
Si, loin du malheur qui m'afflige,
Tel seul était mon soin jaloux !
Vous connaissez mes fiançailles
Récentes avec Giovanna...

Mon bonheur à des représailles
Envieuses me condamna !
  Mais Lopez, fils du brigand, aime
Lui-même d'un amour fatal
L'objet de mon amour suprême,
Et je suis honteux du rival !
  — Grâce au préfet, dit-il, son père
Ne fit que dix ans de prison ;
A leur relation j'espère
Qu'il n'est aucune autre raison ;
  Elle doit dédaigner tel être,
Qui certe est de vous plus jaloux
Que vous de lui ne pouvez l'être :
De lui seul donc méfiez-vous !
  — Son oncle, repartis-je, prêtre
De Vill'Abbate, hier est venu
Pour m'engager à disparaître,
En entonnant un air connu.
  — Ces gens escomptent la fortune
Léo ; sur moi comptez pourtant
A l'occasion opportune,
Me répéta-t-il, en partant.

## CHANT IX

—

## *LA VENDETTA*

Sur une lettre de Giovanna, Paul retourne à Corsari ; il subit un coup de feu,
blesse son rival, trouve sa fiancée au perron de la villa, la croit coupable
malgré ses protestations et rompt avec elle.

Avec l'âme à mon cœur ravie,
O toi que j'aime sans retour !
Prends ma vie, ami, prends ma vie !
Si tu doutes de mon amour...
  Et la lettre désespérée,
Qui se terminait par ces mots,
Apportait la manne sacrée
Peut-être à l'horreur de mes maux.

Et je suivais la grande route,
Qui de Palerme à Corsari
Longe la mer avec mon doute,
Qui désirait être guéri...

Ainsi, la bretelle à l'épaule,
La crosse du fusil au flanc,
Aimant revenant à son pôle,
Je suivais ce chemin si blanc.

Bagheria sur sa presqu'île
Couronnait l'horizon tranquille
Et flamboyait comme un miroir
Au soleil couchant d'un beau soir.

Seuls des figuiers de Barbarie
Croissent au bord de ce chemin,
Des roseaux, une orangerie
Apparaissent dans un ravin ;

Puis de nouveau la route blanche,
Blanche si monotonement,
Longe la mer, elle, en revanche
Si mobile, et bleue au moment.

Sur cette côte ravinée,
Fra Lopez opérait jadis,

Sous l'astre de sa destinée,
Faisant enfer et paradis...
     Ah ! combien la perpétuelle
Guerre de notre humanité
Alors me paraissait cruelle
Sur terre, où tout est vanité !
     Je suivais cependant ma route,
Pensant à garder sauf l'honneur
Dans l'éclaircissement d'un doute,
Nuage au ciel de mon bonheur.


     L'Angélus parla de prière,
Ramenant la mère et l'agneau ;
Le soleil descendit derrière
Palerme et le Pelegrino ;
     Puis, la nuit étant survenue,
A Corsari, près la villa,
Je faisais dans une avenue
Le guet... lorsque non loin de là
     Un coup part ! J'épaule mon arme,
Tire et blesse un homme qui fuit !

Au même instant un cri d'alarme
Féminin traverse la nuit...
Déjà prompt comme la pensée
Au ressort qui se tend et rompt,
Je suis près de ma fiancée :
Que faisiez-vous à ce perron ?

Qu'importe, au fait ; vous êtes libre !
Si cet homme était votre amant,
Chantez l'air dont votre âme vibre,
Et pardon du dérangement.
— Monsieur ! — Trêve de comédie,
Mon amie, et de perfidie !
Je n'apprécie aucunement
La mimique du sentiment.

— Crains, malheureux, le mal suprême
Et sans remède du remord ;
Car tu dois savoir que je t'aime,
Et qu'un autre a juré ma mort :
Tue-moi si tu me crois coupable !
— Peut-on être si misérable !
Recommandez votre âme à Dieu ;
Moi j'aime mieux partir : Adieu !

# CHANT X

---

## MONREALE

L'artiste trouve à Monreale, son calvaire, comme une résurrection morale. Il visite les catacombes du couvent capucin. Les momies suspendues aux murs lui donnent l'illusion de la danse des morts de Holbein. Mais voilà une mariée arrachée aux bras de l'époux : Triste retour de Paul à ses amours ! Salvator annonce à son ami le décès du Préfet, sur la terrasse du monastère monréalais. Funèbres commentaires des jeunes gens, au cloître.

Loin de la trompeuse espérance
D'un amour maudit qui rend fou,
Cherchons la morne indifférence ;
Fuyons d'abord, et n'importe où !

Voilà déjà la cathédrale
Au porche où Bertram s'arrêta !
Palerme fuit et Monreale
Surgit, qu'il soit mon Golgotha !
　Vous, œuvres d'art, embryons, mânes,
Que j'emporte de ma Sion,
Carrare, Paros, doux arcanes
De mon imagination !
　Un jour, bien qu'issus de mes peines,
Entretenez l'humanité,
Au lieu de tant de larmes vaines,
De grâce et de sérénité !


　J'avais repris l'œuvre arrêtée
Dans le camp volant de mon choix ;
Mais ce n'était plus Galathée
Qui devait répondre à ma voix :
　L'objet de ma nouvelle extase
Encor divinement humain,
C'était un groupe sur un vase,
Emblème d'idéal hymen ;

Là, c'était la vierge craintive
Dans une aimante expectative,
A laquelle un guerrier romain
Venait un laurier à la main ;
Il avait pour cette victoire
Risqué sa vie en amoureux :
C'était la jeunesse, la gloire,
L'aurore d'un amour heureux !
Et là, c'était un autre groupe :
Le même guerrier atterré
(Relief alors sur une coupe),
Par sa femme désaltéré ;
Lui, moribond, elle penchée,
A sa lèvre offrant son tetin ;
C'était l'âme encore touchée
De grâce, au revers du destin...
Maintenant sous l'armure lourde
J'apercevais un paladin
Ranimant de sa propre gourde
Quelque blessé de Saladin.
L'esprit divin calmait mon âme
Ainsi qu'un suprême dictame.

Et loin de toute œuvre de chair,
La baignait d'un jour pur et clair.

*
* *

J'avais de mon âme peinée
Exclu Giovanna que j'aimais,
Exclu tout espoir d'hyménée,
Exclu l'amour même à jamais :
Bientôt un navire en partance,
En détachant mon existence
De ces passionnants séjours,
L'en détacherait pour toujours...
Car si l'esprit de cette grève
Au mirage déjà trompeur,
Changeait en cauchemar le rêve,
Comme un fantôme qui fait peur,
Il fallait fuir l'amour qui blesse,
En perdre jusqu'au souvenir,
Lasser son pouvoir sans faiblesse,
Vivre d'oubli dans l'avenir ;

Et parût-elle aussi plus forte,
Cette âme depuis sans rancœur,
J'aurais désiré la voir moite
Avec la flamme de mon cœur.


Dans les humaines infamies,
Où l'être aimant pâtit souvent
Des automatiques momies,
Simples pantins en ce couvent, —
Loin de l'abri de Monreale,
Pour mon corps sans âme idéale,
Convive au terrestre festin,
Alors : Ah ! quel autre destin !


Mais j'étais seul au cimetière,
Long souterrain à soupiraux,
Où la pénombre et la lumière
Alternaient sous les vieux arceaux ;
Le moine qui m'ouvrit la porte
Accédant à ce saint des saints,

Avait rejoint une autre escorte,
Me laissant à mes noirs desseins,
  Et je regardais aux murailles
De la nécropole où mes pas
M'avaient porté, les représailles
Que nous ménage le trépas :
  Ce n'étaient plus les pyramides,
Les columbaria païens,
Ni les catacombes humides,
Refuges et tombeaux chrétiens ;
  C'était l'asile où les ancêtres,
Essoufflés de l'humain forum,
Étiquetés, devenaient, d'êtres,
Antiquités de muséum.

  Je devinais dans la statue
De chair, l'âge auquel s'était tue
L'âme, ce verbe du ferment
Reçu, transmis incessamment,
  Non point ici fœtus sur broche,
Ou vague embryon au bocal,
Mais spectre angélique sous cloche
Parfois d'un rêve conjugal...

Tel pauvre petit sous le verre,
Voyait-il de ses yeux d'émail,
Au pied de son socle, une mère
Brûler un cierge au blond corail ?

Au clou suspendu tel avare
Pensait-il à ce dépensier
Dont la Mort fantasque et bizarre
Le fit suprême financier ?

La Mort, qui, narguant la coquette
Dans le reflet de son miroir,
Comme le fil d'une navette
Coupe l'aile au plus tendre espoir...


Accrochés aussi côte à côte,
Réduits à l'humain mannequin,
Capucins, capucine en cotte,
Pierrot, Colombine, Arlequin,

Nièce et neveux à côté d'oncles
Jouaient, jeunes et vieux fémurs,
Des tibias et des pédoncles
A qui mieux mieux le long des murs ;

Sans l'âme qui rue et se cabre,
C'était la mimique des corps,
Incarnant la danse macabre
De Holbein, la danse des morts...
Ah ! la lugubre girandole !
Si la main eût touché la main,
Ç'aurait été la farandole
Vraiment de l'éternel Amen !


Polichinelle avec sa bosse,
Le nez crochu, la jambe en l'air,
Du doigt indiquait une noce
En habit noir et gilet clair ;
La mariée en robe blanche,
Déplorait, vierge, un voile blanc,
Qui tombait le long de sa hanche,
D'un œil moins troublé que troublant ;
Elle mourut le matin même
Où l'on célébra son hymen ;
L'époux dans le cortège blême
L'avait rattrapée en chemin :

7

Si c'est Juliette avec la bande
Nuptiale d'un Roméo,
En avant donc la sarabande,
Et plaignons Giovanna Léo !

*<br>* *

Ce ne fut pas la mort de Jeanne
Que j'appris, moi pauvre profane,
N'étant pas Roméo d'ailleurs,
Ce fut, et de mes yeux les pleurs
Coulèrent malgré tout sincères,
Celle du plus aimé des pères,
De Monsieur Léo le préfet :
J'étais au jour de rechef, et
Je me trouvais sur la terrasse
Du vieux couvent monréalais,
Voyant comme un Tibur d'Horace,
Le val vert et ses blancs palais.
Diamant, turquoise, améthyste,
La mer limpide à l'horizon

Mirait un ciel cher à l'artiste ;
Mais qu'importaient à ma raison
Les prismes du divin calice
A béryls de la Conque d'Or !
Je succombais à mon supplice
Universel, quand Salvator
M'annonça dans cette retraite
Pour tout autre que lui secrète,
La mort d'un père en ajoutant :
A Corsari l'on vous attend !


L'astre du jour dardait encore,
Et lui, dont le charme vainqueur
Sait faire aimer, chanter, éclore,
Éblouissait mon triste cœur...
Nous cherchâmes donc un peu d'ombre
Et descendimes tous les deux
Dans le cloitre à piliers sans nombre
Nous asseoir au pied de l'un d'eux ;
Dans cette cour plutôt mauresque,
A bassin où murmurait l'eau,

Salvator, aussi pleurant presque,
Reprit : La famille Léo
   Dans la pénible circonstance
Compte sur vous, cher Saint-Amand.
— Ah ! Salvator, et leur instance
Augmente encore mon tourment !
   Consoler Giovanna que j'aime
Ou que j'aimais m'eût été doux ;
Mais, sans être aimé d'elle-même,
Si j'ai raison d'être jaloux,
   *Moi,* pourquoi la consolerais-je ?
— Le Préfet crut apparemment
La perte de son privilège
Cause de votre éloignement...
   Dans la question qui s'impose,
Toujours est-il que son orgueil
Arma sa main. — Quoi ! l'on suppose ?...
— Hélas ! — Mais respectons un deuil.....

4<sup>e</sup> PARTIE

# L'Ame errante

## CHANT XI

---

## *SOMBRES ADIEUX*

Paul quitte la Sicile, se lance dans une vie de voyages, visite les chefs-d'œuvre
de l'esprit humain et cherche dans l'art la consolation d'un amour malheureux.


*L*oin d'un si funeste rivage
Fuyons, au mépris du naufrage !
N'ayons foi qu'en notre courage
Pour traiter l'amour en vainqueur !

Et puisqu'il faut qu'en ce voyage,
Remédiant à l'apanage
D'une amie à l'âme volage,
L'esprit vive au défaut du cœur,

Cherchons d'Athène à Babylone,
De la colonnade au pylône,
De l'humble multitude aux dieux,

De Palerme à Rome ou Carthage,
De lieux en lieux et d'âge en âge,
L'oubli des maux, l'espoir des cieux !

Je suis, ô Méditerranée !
Avant le cycle d'une année
Au pays natal de retour,
Loin de ton île au bleu contour !


J'ai vu s'évaporer sur l'onde
Le charme de sa grève blonde,
Lorsqu'est tombé comme un fruit mûr
Mon amour né de ton azur...


L'œil si noir sous le noir ébène
Des longs cheveux de ma sirène,
Au teint d'albâtre, au port de reine,
Attirait mon cœur à Sylla :


Mainte autre ici, par d'autres charmes,
S'offrait à calmer les alarmes
De ma pauvre âme, seule en larmes,
Mainte autre, ici, comme elle, là !


*
* *

Adieu, Palerme! adieu, Sicile!
Corso! Favorita! Foro!
Ville fleur du jardin de l'Ile!
Perle de la Conca d'Oro!

Adieu, nuits brunes et sereines
Des étoiles de Messidor!
Baisers des brises africaines,
Au citronnier constellé d'or!

Adieu, délirante nature,
Aux tons indigos et carmins...
J'ai gagné plus d'une blessure
Aux aloès de tes chemins:

Tu ne m'as donné qu'un ramage
Du paradis terrestre, où Dieu
Fit mon semblable à son image...
Mieux vaudrait te haïr: Adieu!

*
* *

O pays du myrte et du vin !
Où tout est si divin en somme,
Tout, excepté l'esprit de l'homme,
Comme Byron nous en prévint !

Délivre-moi de toute haine
Plutôt, quel que fût cet amour,
Dont, en un perfide séjour,
Ta Calypso tressa ma chaîne...

O pays de miel et de lait !
Pays d'orangers et de treilles !
Pays de brebis et d'abeilles !
Où le flot de mes jours coulait...

Pardonne à qui ne fut point maître
D'oublier ou de pardonner,
Et sur terre exigeait peut-être
Plus que le ciel ne peut donner !

*<br>*

Loin du pays de Théocrite,
Loin des causes de mon chagrin,
Loin d'un sentiment hypocrite,
J'allais, attiré par le Rhin,

Rêver, hélas ! un triste rêve,
Comme un lied de Heine à l'accent
Délirant des flots à la grève,
Qui révèle des pleurs de sang !

Voyant alors une âme sombre
Lutter contre un deuil effrayant,
Mainte vierge, en déplorant l'ombre
De ma sombre âme de voyant,

Eût voulu préserver peut-être
Des Lorelaï que je prisais,
Ma barque au point de disparaître
Près des rocs, où je la brisais.

*<br>* *

Toi, console-moi, Poésie !
Musique des plus simples mots,
Sylphe pur de la fantaisie,
Dolent sourire de nos maux !


Donne-moi la philosophie
De supporter mon triste lot,
Seule amie à qui je me fie,
O poésie ! alme sanglot !


Par l'inspiration moins rare,
Qui divinise le Carrare,
Apaise les rigueurs du sort ;


Du son encore de tes flûtes
A l'héroïsme de nos luttes,
Exalte mon suprême essor !


*<br>* *

Laissez, oracles d'Osiris !
Temples à Phtah de Sésostris,
De Salomon à l'Éternel,
Et de Sémiramis à Bel !


Laissez, granits d'Aménophis !
Tombes royales de Memphis !
Ombres d'Égypte et d'Israël,
De Khorsabad et de Babel !


Les sphinx au féminin atour
Absorber mon errant amour,
Spectre du mondain cimetière,


Les sphinx de Karnak et Louqsor,
Qui sont au désert de mon sort
Confidents de brique et de pierre !


*<br>**

Temples, préaux, palais mauresques
Anciens, byzantins, gothiques !
Coupoles, minarets, portiques,
Ceints d'arabesques et de fresques !


Salut, jalons de souvenance,
Voués aux fantômes de marbre,
La tête aux cieux comme tout arbre
De géniale provenance !


Salut, mânes au nom divin :
Ictinus, Callicrate, Erwin,
Praxitèle, Alahmar, Bramante,


Michel-Ange, Brunelleschi,
Phidias, salut, ô vous, qui
M'offrez un port dans la tourmente !


*<sub>*</sub>*
* *

Buen-retiros de l'alme mère,
De Gibraltar à Singapour,
Que je désirais prendre pour
Abris de ma jeune chimère,


Puissiez-vous être sans retour,
Alhambra, Parthénon, Saint-Pierre,
Chefs-d'œuvre des rêves de pierre,
Le Campo Santo d'un amour !


Vous, qui me vîtes comme une ombre,
Évoquant le verbe et le nombre,
Ou l'avenir par le passé,


Chercher déjà dans ce qu'on fonde,
Depuis l'antiquité profonde,
L'X de l'éternel ABC !

## CHANT XII

—

# *VAINS REGRETS*

Rien n'a consolé Paul, mais son doute subsiste et son honneur résiste à tout rappel, quand l'innocence de Giovanna, tuée par son rival, éclate. Remords et dernier vœu de l'artiste.

*D*ans *les souris de ma souffrance,*
*Au dernier toast de mon banquet,*
*Prenez mon ultime espérance*
*Avec le sang de mon regret,*


*O rythmes d'alarme et de transe !*
*Immortelles de mon bouquet,*

*Accords discrets de mon outrance,*
*Aveux poignants d'un long secret !*

*Prenez mon cœur, mon cœur qui saigne,*
*Et craint plutôt qu'on ne le plaigne,*
*Mon cœur privé d'un autre cœur ;*

*Prenez ma chair et ma pensée,*
*Mon âme, ma vie insensée,*
*Le chœur de mon cœur sans rancœur !*

Était-ce un spectre imaginaire
Qui chassa mon amour jadis,
Loin d'un terrestre paradis
A l'idéale statuaire ?

Car point n'est aventurière
La dame blanche comme un lis,
Nous mandant des myosotis,
Avec ces accents de prière...

Que si tant de simplicité
Ignorait la duplicité
Plus fatale à notre tendresse,

Comment n'a-t-elle point vibré,
Mon âme, au cri désespéré
De cette martyre en détresse !

*<br>* *

*Ne sortiras-tu pas de ta morne apathie,*
      *Toi, que j'adorais comme un dieu ?*
*Après le doux printemps de notre sympathie,*
      *Pourquoi ce glacial adieu ?*

*Le renouveau déjà fleuronne ma patrie*
      *Ainsi qu'au jour de tes aveux ;*
*De mon seul oranger la couronne est flétrie,*
      *Où sont, hélas ! nos moindres vœux ?*

*Avec toi j'ai perdu mon Éden sur la terre.*
*Où rien ne calme plus ma peine délétère :*
      *Le ciel même est sourd à mes pleurs !*

*Quand sentiras-tu donc que ma cause est sacrée,*
*Mon amour immortel, ma voix désespérée ?*
      *Toi, sans merci pour mes douleurs !*

Giovanna.

*<br>* *

Un jour que je rentrais de quelque long voyage,
Une lettre d'amis me tomba sous la main,
Qui disait : Jeanne est morte ; un rival inhumain
L'a d'un coup d'escopette immolée au passage...

Jaloux sans raison d'elle, alors que sans naufrage,
Elle avait affronté les écueils du chemin,
Je vis son virginal calvaire dans l'Amen,
Qui partait du fusil d'un être plein de rage :

Comme Othello jadis tua Desdemona,
C'était peut-être moi qui tuais Giovanna,
Moi, qui d'elle faisais une sainte victime !

Et, si ce Lopez, fils d'un héros de garrot,
Ivre de vendetta, s'érigeait en bourreau,
Moi, qui devais subir le remords de son crime !

*
* *

Quoi ! coupable, moi seul, qui la croyais coupable !
En vain, sacrifiant mon amour à l'honneur,
J'avais voué mon âme au remords implacable
Et détruit sans retour l'embryon du bonheur !

Quoi ! j'avais érigé d'un bloc si périssable
L'édifice orgueilleux contrecarrant mon cœur !
Et l'œuvre de ma main sur la base de sable
S'écroulait à la voix du sentiment vainqueur !

C'était la fin des fins de mes rêves de gloire,
Le glas de mes amours, que ce cri de victoire,
Qui vibrait longuement comme un humain sanglot...

C'était la mort de tout, de l'œuvre et de la flamme,
C'était la mort du corps, c'était la mort de l'âme...
Le cadavre flottant suivait le fil de l'eau !

*       *
*

Rothschild avait acquis pour un millier de livres
Ma statue, et depuis au milieu de mes livres,
Dans la nuit d'un malheur sans inspiration,
Languissait ma morbide imagination...

Maintenant quel espoir avais-je de revivre ?
Dans le combat maudit que le Malin nous livre
Sans trêve, je voyais l'hallucination
Transformer verbe et geste en divagation !

Un jour même j'avais quitté cette chartreuse,
Où je vivais avec le souvenir fatal,
Non pour courir après un perfide idéal :

Hélas ! je traversais la jeunesse amoureuse
Du vieux quartier latin, elle, à son tour heureuse,
Étendu dans un fiacre, allant à l'hôpital

*<br>* *

Au cloître à Monreale, en fiancée accorte,
Je voyais Giovanna, cadavre sans cercueil,
Tous mes rêves d'antan lui formaient une escorte
Et laissaient dans mon cœur son souvenir en deuil...

Vivant symbole aussi ma statue était morte,
Pale vierge de marbre au candide linceul ;
Un autre sur sa tombe avait fermé la porte :
Dans mon obscurité j'étais donc seul, bien seul !

On ne la verrait plus comme une libellule
Voleter au soleil de l'algue au nénuphar,
De rêve en rêve, l'âme au fantôme blafard,

Sur mon lit de douleur, elle, en cette cellule,
Crucifiée au corps et qui n'espérait pas
Le salut d'un port où sévissait le trépas !

*
* *

Je regrettais la vie avec cette autre vie,
Dont j'avais attendu tant de félicité,
Avec cette âme sœur à mon âme ravie,
En accusant le monde et Dieu d'iniquité.


Que valait maintenant une philosophie,
Dont je prônais jadis l'infaillibilité ?
A quoi se réduisait ce qu'elle déifie ?
Elle était elle-même humaine vanité !


Adieu, rêves discrets de ma jeune espérance !
Dis-je alors, qu'au néant retourne ma souffrance,
Tant que j'ai la fierté qui nous fait bien mourir !


Quand on a tout perdu, la Mort est moins cruelle ;
Qu'elle se rende donc à ma voix qui l'appelle
Et me donne un baiser : je suis las de souffrir !


* * *
*  *

Je pouvais d'un relief embellir ce tableau,
Terminer mon poème en noble tragédie,
En vertueuse fable, en simple comédie,
Quémander un éloge, un sourire, un sanglot ;

Mais loin de moi l'emprunt, les phrases et les mots...
Je ne voulais pas même écrire une élégie ;
En vain j'ai réprimé des pleurs de nostalgie,
Je sens vibrer encor la muse de nos maux.

Si c'est un sort fatal et si c'est une morte,
Que j'abandonne au flot que le Destin emporte
       Sans espérance de retour,

C'est puisqu'il fut vivant le roman que je livre
Au sentiment d'autrui, dans le chœur de ce livre,
       Sanctuaire de notre amour.


*
* *

# Dernier Vœu

Toi, Muse, comme en ce poème
Souvent mon cœur s'est arrêté,
Saluant d'un accord suprême
La mort, Achéron ou Léthé,

Mande à mon ultime demeure,
Du moins un rameau d'olivier,
Sinon à l'asile où je pleure
L'unique absence du ramier !

Et si je dois, ainsi qu'une ombre,
Sans marquer le sol de mes pas,
Bientôt aboutir au champ sombre,
Qu'un soin ami ne veille pas,

*Laisse, loin de la foule vaine,*
*Ce gage élu dans nos ébats*
*S'étendre, si j'en vaux la peine,*
*Sur mon seul refuge ici-bas!*

# TABLE DES MATIÈRES



Iʳᵉ PARTIE

## LA VIERGE

### CHANT I

### PALERME ET CORSARI



### CHANT II

### L'ART ET L'AMOUR

### CHANT III

## LA MARINA



### CHANT IV

## LA FAVORITA



## IIe PARTIE

# LA STATUE

### CHANT V

## TRINACRIA

### CHANT VI

## LE RÊVE ET L'ŒUVRE



### IIIᵉ PARTIE

# LA FIANCÉE

### CHANT VII

## BANDITISME



### CHANT VIII

## LA JALOUSIE

### CHANT IX

## LA VENDETTA



### CHANT X

## MONREALE



## IVe PARTIE

# L'AME ERRANTE

### CHANT XI

## SOMBRES ADIEUX

## CHANT XII

### VAINS REGRETS

*ACHEVÉ D'IMPRIMER*

LE

7 JANVIER MDCCCXCV

PAR BERGER-LEVRAULT ET C<sup>ie</sup>

A NANCY

NANCY, IMPRIMERIE BERGER-LEVRAULT ET C$^{ie}$

9 782329 031057